LA

VOCATION LITTÉRAIRE.

LA
VOCATION LITTÉRAIRE,

ÉPITRE

A Monsieur Grandperret,

de l'Académie de Lyon;

PAR

M. FLORIMOND LEVOL,

COMMISSAIRE DU ROI PRÈS LA MONNAIE.

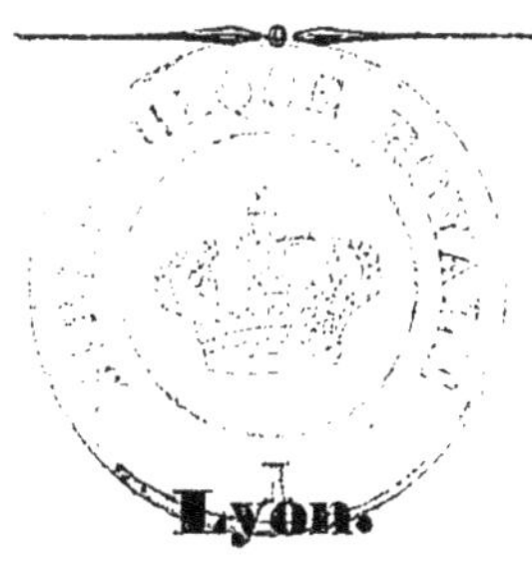

Lyon.

IMPRIMERIE DE GABRIEL ROSSARY,

RUE SAINT-DOMINIQUE, 1.

1838.

La

VOCATION LITTÉRAIRE.

L'auteur, à son début, qu'un seul mot décourage,
Qui se laissant juger sur un premier ouvrage,
Contre l'arrêt soudain qui vient de l'étourdir
Ne sent pas tout son cœur de colère bondir...
Celui-là, Grandperret, n'est pas fait pour la gloire.
Ce n'est pas, pour l'atteindre, un ami qu'il faut croire;
Mais cet instinct secret qui, le poussant toujours,
Du prophète fâcheux dément tous les discours.
L'oiseau qui doit planer sous la céleste voûte,
Attend-il, pour partir, qu'on lui montre sa route?

A peine à la lumière a-t-il ouvert les yeux,
Qu'il se laisse, sans crainte, emporter vers les cieux;
Voilà bien son domaine, et sa route est trouvée.
Rarement les enfants d'une même couvée,
Du nid qui les reçut s'envolent à la fois;
L'un part et, dans les airs, fait entendre sa voix,
Un autre suit bientôt, un troisième s'élance,
Et le dernier parti bien souvent les devance.

« Par le théâtre en vain vous vous laissez séduire, »
Me répond un ami qui pense me conduire.
« Pour dépeindre les mœurs, c'est peu d'avoir vieilli,
« D'avoir du cœur humain sondé le dernier pli;
« Il faut savoir encor manier l'épigramme,
« Nouer habilement tous les ressorts du drame.
« En vain vous me vantez un secret ascendant,
« Si je ne vous vois pas gai, caustique, mordant;
« Si dans l'heureux tissu d'une fable nouvelle
« Votre vocation soudain ne se révèle.
« Ce style est noble et pur; voilà de fort beaux vers...
« Cela ne suffit pas pour peindre les travers,
« Pour tenir, trois grands mois, la salle toujours pleine,
« Pour agiter les cœurs, pour animer la scène.
« Si vous voulez qu'enfin on vous puisse admirer,
« Monsieur, faites-moi rire, ou faites-moi pleurer! »

Voilà, cher Grandperret, un avis salutaire,
Cet avis, à Gresset fut donné par Voltaire ;
Mais Gresset eut-il tort de suivre son penchant ?
Qui de nous ne sait pas les beaux vers du Méchant !
C'était peu d'exciter un rire plein de charmes,
Et l'auteur de Sidney m'arrache encor des larmes.

Tel vingt fois sur la scène a perdu son procès,
Qui s'y fonde un beau nom, grand par un seul succès !
Père encore inconnu de la Métromanie,
Piron vint confier cette œuvre de génie
A l'acteur qui bientôt devait, juge excellent,
Lutter avec l'auteur de verve et de talent,
Et qui, de mois en mois, en remit la lecture.
Certain jour de migraine il en fit l'ouverture,
Et dès les premiers vers, le noble manuscrit
Vole en l'air et s'en va, sur le ciel de son lit,
Brutalement flétri d'une insulte grossière,
S'enterrer, en tombant, dans des flots de poussière :
« Qu'il y reste, dit-il ! » il y resta dix ans ;
Et, sans injurier les juges de son temps,
Condamnant son génie aux farces de la foire,
Piron, pendant dix ans, vit ajourner sa gloire ;
Trop tard pour qu'on le vît deux fois recommencer,
Au dessous de Regnard il alla se placer.

Poète infortuné, quand rien ne te seconde,
Sème en tous lieux les fruits d'une muse féconde;
Peut-être un de ces fruits recueillis au hasard,
De ta célébrité vengera le retard.
Parfois de ses destins un seul succès décide;
Mais plus souvent encor, par un long suicide,
Il jette au vaudeville un esprit tout divin,
Et se dérobe au sort qui l'attendait en vain.

Qui faut-il accuser ? le ciel ou le poète ?
Tous deux ont même part dans les torts qu'on leur prête;
L'un, trop insouciant pour le mérite obscur,
Et dédaignant toujours le grand homme futur;
L'autre, fuyant trop vite un travail qui lui pèse,
Et voulant à la gloire arriver à son aise.
La gloire est pour celui qui dans lui-même a foi,
Qui ne voit que le but, y vole sans effroi;
Qui, de tous inconnu, cède au feu qui l'emporte;
Où l'obstacle est plus grand, montre une ame plus forte,
Et séduit un beau jour tout son siècle étonné
Qui pour un tel destin ne le croyait pas né !

Toi, dont l'ame est si droite et la raison si saine,
Toi, qui connais si bien et le monde et la scène;
Qui, long-temps éprouvé par des destins divers,

Parcourus tous les rangs, saisis tous les travers;
Qui peux rendre à mes pas la route plus facile;
Permets qu'à tes conseils un instant indocile,
J'en appelle à toi-même et te juge à mon tour.
Sur tes jours écoulés fais un léger retour,
Et dis-moi si jamais, dans cette lutte ardente
Que livre avec la vie une ame indépendante,
Dans cet affreux combat où le destin jaloux
Semble briser les dons que le ciel mit en nous,
Quelque ami ne t'a pas, au seuil de la carrière,
Fait, par un faux avis, reculer en arrière;
Et, semant dans ton cœur le doute à pleines mains,
De la gloire à tes pas fermé tous les chemins ?
Un seul y conduisait, et tu n'osas le prendre,
Parce qu'autour de toi l'on ne sut te comprendre;
Parce que ton esprit si vif, si pénétrant,
Au rêve qui nous ouvre un avenir si grand,
Aux travaux qu'en espoir enfante la jeunesse,
Préféra les conseils d'une vaine sagesse !
En éprouvas-tu moins les caprices du sort,
Et ta barque plus vite est-elle entrée au port ?
Au lieu de cet ami, dont le triste présage
Crut te faire choisir le parti le plus sage,
J'aurais entretenu ton penchant favori;
L'espoir qu'il repoussait, moi je l'aurais nourri;
Et ce feu qu'en ton cœur chaque entretien rallume

Ainsi que de ta bouche eût jailli de ta plume;
Tous ces mots si profonds, tous ces traits si brillants
Eussent dans tes écrits, de verve étincelants,
Épanché le trésor que ta main éparpille,
Et fait vivre ton nom ainsi que ta famille !
Combien de fois la gloire et la fortune ont fuï
Le trop timide auteur qui n'osa croire en lui.
Certe, il est des défauts où rien ne remédie;
Tel aborda, trop tôt, la haute comédie,
Qui ne sachant jamais être ni gai, ni fin,
D'un style trop pompeux, de tirades sans fin,
D'une intrigue perdue en un long bavardage,
Vit crouler, sans retour, le triste échafaudage;
Et pourtant quelque jour cet auteur assommant
Peut, en créant sans cesse, avoir un bon moment.
Quelquefois, fatigué d'une recherche vaine,
Par des travaux sans fruit on sent glacer sa veine;
Cependant tout à coup la fièvre vous reprend,
On trouve, par hasard, un sujet vaste et grand;
La fable, d'elle-même et s'arrange et s'explique,
Tout est touchant et vrai, tout est neuf et comique;
Le vers ambitieux fait place au mot piquant,
Et toujours naturel, on devient éloquent...
Votre vocation que l'on conteste encore,
Dans toute sa splendeur à la fin vient d'éclore,
Et d'un enfantement subit, inattendu,

Le critique lui-même, étonné, confondu,
S'écrie, en vous donnant, à son tour, son suffrage :
Comment a-t-il produit un aussi bel ouvrage ?

S'il a pris tout à coup un vol aussi hardi,
C'est qu'au sein des revers l'auteur avait grandi;
Son esprit, pour briller, se donnait la torture;
Un jour il a suivi la voix de la nature,
A peint ce qu'il voyait sans farder son tableau,
Et porté sur la scène un chef-d'œuvre nouveau !

Pour obtenir peut-être un triomphe semblable
Il suffit quelquefois qu'un juge impitoyable
Ait fait, dans votre sein, naître un courroux secret,
Soulevé tous vos sens contre un injuste arrêt ;
Qu'on se soit dit tout bas : Le bourreau me condamne ;
Hé bien ! je veux saisir ces lauriers qu'il profane ;
Je prétends, malgré lui, descendre au fond des cœurs,
Soumettre un vrai public à mes accents vainqueurs ;
Du feu qui me dévore embraser le parterre,
L'attacher fortement à chaque caractère ;
L'émouvoir, le saisir, le tenir en suspens ;
Le faire ici pleurer, là rire à ses dépens;
Des vices dont il souffre étaler la satire,
Sur lui-même former le tableau qui l'attire,
Et frapper de terreur les modèles tremblants,

En offrant à leurs yeux leurs portraits ressemblants !

Arrière donc, critique et ta vaine censure !
Le poète a suivi la route la plus sûre ;
C'est en vain que ta voix, toujours prête à tonner,
Dans un genre appauvri voulut l'emprisonner.
D'un style long et lourd tu censurais l'emphase:
Soit; en mots plus légers il a coupé sa phrase.
Il manquait de mordant à son premier début:
Son trait mieux aiguisé va tomber droit au but.
L'esprit t'y semblait rare « hé bien ! il le prodigue.
Sous le poids du sujet semblait faiblir l'intrigue :
L'intrigue se resserre; et, dans un nœud plus fort,
Sans gêne il se déploie et se meut sans effort ;
En sort, quand il le veut, brave toujours en maître
L'obstacle qu'il rencontre et celui qu'il fait naître ;
Et, demandant toujours un plus vaste horizon,
Fait aux jeux du théâtre applaudir la raison.

Dans ces tableaux divers, qu'ici ma main rassemble,
Tu vois, cher Grandperret, que rien ne nous ressemble ;
Ta prudente raison me signalait l'écueil
Du genre qui d'abord séduisit mon orgueil ;
Ton doute affectueux caressait mon oreille,
M'offrait, sur d'autres bords, une gloire pareille,
Et, vers d'autres sujets, appelant tous mes vœux,

Me faisait espérer des succès moins douteux.
Je ne sais pas le sort que le ciel me destine ;
Mais, contre tes conseils, si mon erreur s'obstine,
N'accuse pas encor , juge plein de bonté ,
L'incorrigible orgueil d'un auteur révolté.
Tel avis fut parfois l'effet d'une méprise.
Tu jugeas sainement une œuvre bien comprise ;
Je ne veux pas m'en faire un impuissant rempart ;
Mais cette œuvre, pour moi, n'est qu'un point de départ ;
Comme toi, je la juge à dix ans de distance!
Maintenant, Grandperret, comprends ma résistance ;
Je n'ai pas entrepris, jeune homme faible, obscur,
L'ouvrage que peut seul enfanter l'âge mûr.
Ces dix ans écoulés, sans refroidir ma verve ,
M'ont fait mieux pénétrer dans ces mœurs que j'observe ;
Toutes les passions ont grondé dans mon sein,
Toutes je les ai fait servir à mon dessein.
Qui peut créer une œuvre originale et neuve ,
Sans avoir du malheur subi la rude épreuve ?
Hé bien ! cher Grandperret, entre l'essai manqué,
Dont le style, par toi, fut pourtant remarqué,
Et l'ouvrage naissant que je commence à peine
Sont dix ans de combats, d'études et de peine.
Dans ce monde brillant j'ai vu bien des douleurs,
J'ai souffert ; c'est assez pour arracher des pleurs ;
J'ai vu régner l'amour sur mon ame asservie,

J'ai vécu ; c'est assez pour dépeindre la vie.
J'ai vu l'homme empruntant mille masques divers,
J'en ai ri ; c'est assez pour fouetter ses travers !

Pour ma vocation lorsqu'ici j'intercède,
Je te montrerais mieux à quel espoir je cède,
Si d'un esprit moqueur prodiguant tous les traits,
Je savais, sous tes yeux, grouper mille portraits ;
Souffre que, pour raison, je cache mon programme ;
Plus d'un sujet heureux est mort d'une épigramme ;
Et Molière a pu seul publier, sans détour,
Les plans inachevés qu'il devait mettre au jour.
Quand rien n'est fait encor, que voit-on dans un titre ?
Le sujet d'un discours ou celui d'une épitre !
Mais l'inspiration avec tous ses trésors,
Mais l'intrigue puissante avec tous ses ressorts,
Echappent aux regards du censeur qui murmure,
Et qui ne croit jamais une idée assez mûre.
Pour te persuader, Grandperret, je le sens
Ces vers, sur ton esprit, resteront impuissants ;
Notre siècle d'ailleurs qu'en vain on étudie
A, pour n'être pas peint, tué la comédie ;
Bien fort qui la fera revivre de nouveau,
Bien fou qui croit la voir sortir de son cerveau !
Il n'est plus, nous dit-on, ni mœurs, ni caractère.....
Hé bien ! donnons-nous donc rendez-vous au parterre !

Peut-être y pourras-tu m'attendre quelque temps,
Mais dussé-je y paraître à mes derniers instants,
J'y viendrai ; car c'est là, devant un peuple avide,
Dans la salle où l'auteur n'aperçoit point de vide,
Qu'entre son juge et lui s'achève le procès,
Au fracas d'une chute, aux bravos d'un succès !
C'est là que, devant tous, son destin se consomme...
Jusqu'à ce que la mort en ait fait un grand homme.

www.ingramcontent.com/pod-product-compliance
Ingram Content Group UK Ltd.
Pitfield, Milton Keynes, MK11 3LW, UK
UKHW020502220726
13923UKWH00006B/2702

9 782019 287825